小事×小示

魏如昀
Queen Wei

她與那些小事，原來如此的小示 ╱

我有點吃醋。

看了這本書的內容，我吃醋了，那些明明是平常魏如昀只跟我們民間S.H.E說的！

某一年的某一刻，魏如昀、曾沛慈，還有我，三個愛哭包決定變成一個討人厭的小團體。（小團體都是討人厭的，不是嗎？）我們愛著對方，三個人在一起時，除了嘻笑、討論女孩子們的話題，我們更是生命的夥伴，誠實面對彼此、把難受的事項對方傾倒、一起分享、哭泣、緊握雙手，然後一起為彼此禱告。這麼多年下來了，我們還是如此。

在互相的人生裡，陪伴對方成長，看見彼此的脆弱，慢慢的，她們從小舞台，轉向大舞台，被這麼多人看見。我們的夢想一點一滴地實現，然而，現實也一點一滴地讓我們面對從沒碰到的軟弱，慶幸生命裡終究有彼此的溫暖存在。

魏如昀妳這個笨蛋，不是跟妳說過不要那麼誠實嗎？
世界教會了我們謊言，但我們還是想用誠實去闖。

看著書裡的內容，我想像她坐在小室裡，想著那些小事。有時，她走到咖啡店，看著人群流動，思考發生的小事：曾經、現在、以後⋯⋯在變動之中，找到不動的小示，那些也許讓她能達到片刻寧靜的，咀嚼著⋯⋯

回頭看發生的故事，字裡行間的、曾經淚流的，在以後的日子都成了前進的動力，一步步，帶著我們重新出發，得到勇氣。她的書就是這樣，一本得到勇氣的書。

你知道嗎？在這些小事的小示裡，她把自己誠實地打開了，在這個當下，讓你看見她的脆弱。她是不一樣的、她是她筆下的那隻兔子，是那個單純的、願意去擁抱的靈魂。

希望你也能從這些小事小示裡，得到平靜；接著，有了前行的勇氣。

崔香蘭

給親愛的魏如昀 /

那一天，妳拿著吉他，全身黑，是全場目光焦點。
那一天，妳說拿到獎金的話要拿去蓋教堂。
那一天，我看到妳很堅強的脆弱。
那一天，我們成為了好朋友。

在我心中，她一直是個擁有繽紛色彩的小女孩，
唯一改變的，是這幾年來她的笑容漸漸變多。
我很喜歡這樣的改變，如同我喜歡她一樣。
我常常跟她說：妳是一個注定要引領潮流，以及魅力爆棚的人。
是真的，因為我就是她的粉絲。

你看過一條一條細細的白麵線嗎？
很乾淨很單純。
此刻我腦中突然浮現在鄉下藍藍綠綠黃黃的風景裡，如果有一雙手，
把細麵拉平，對著天空展開，就算有風，它也不被吹斷。
甚至風讓我們看見了它的韌性。
可能有些許的麵粉被抖散在風中，我認為那代表某種自由。
其實我也曾經覺得她有距離感，基本上都是我在跟她傾訴心事，
有陣子我叫她「阿母」。

後來我們一起慢慢長大，我還是很確定，她內心的小女孩沒有不見，
從她的衣著打扮，你可以看到她的特別和想法，
只是在她的裡面，要展現真實，需要機會。

我想這本書就是一個機會吧！
讓你我都能看到更多的她。
如果我生命中沒有出現這樣的一個朋友，其實我成長的速度可能是緩慢的。
在一段很失意低落的時間裡，她的帶領讓我有機會認識上帝的愛，
也是因為這麼多的愛存在我們之中，讓我很確定的說，
她是如同家人般的朋友。

「Q，謝謝妳愛我，我也希望，妳能一直一直被愛包圍著。」

這本由她的靈魂編寫的日記開始，我們一起更多期待更美麗精彩的她！

曾沛慈

From 妳姐 /

小時候我一直以為魏如昀有自閉症，我很少聽到她說什麼話，覺得她好像是一個沒有個性的人，而且常常流鼻血，常常遇到什麼事就哭，需要我奶奶高度的照顧。她每天都要黏著奶奶，而且想盡各種辦法要爺爺抱她去床上睡覺，隔天再向我炫耀昨晚聽了爺爺說了熊放屁的故事。

大家都以為不愛說話的她是很乖巧的，但只有我知道真正的她——非常叛逆。

我問她為什麼要找我寫序，她只說了一句：「因為你是我姐。」
我心想……難道妳不害怕我整篇寫出來都是壞話嗎？

老實說我到現在還是不太認識她，因為她在我面前的樣子和在朋友面前的樣子是很不一樣的，我似乎都是從別人的口中明白到原來我有一個這麼陌生的妹妹，即使現在的她已經長大了，她還是愛哭，她仍然需要高度的照顧，她常常會告訴朋友：「不要告訴我姐！」。所以我盡量與她保持一個她想要的安全距離，當一個被動的姐姐。

她只給我看了一點點書的內容，真的只有一點點，一點點到我覺得她根本沒有要給我看的意思，有些秘密她仍然不想讓我知道，但她願意和你們分享，那個連我都沒看過的她。

魏如萱

我就這樣長大了／

記得在我很小很小的時候，我每天都沉浸在圖文書裡。
再長大一點，我會去阿公的書櫃裡拿他的書來看。
我好喜歡看書，每次打開一本書我都好期待好興奮，好像打開一個未知王
國那種，
即使已經看過的書，我還是會每天放在我的閱讀順序上，一本一本的開始讀，
好像因為這樣，我並不常對人說話，我覺得我的話都在看書的時候說完了，
然後開始習慣對一些不真的會發出聲音回應我的事物說話，
比如後花園阿公種植的各種盆栽，還有家裡附近的一棵大榕樹。

也許是小腦袋裡的自言自語自成一派，
他們變成一個小精靈，就是現在大家所謂的「幻想朋友」。
它陪我聊天陪我玩，跟我討論所有事情，還有交換全世界的秘密，
它是全世界最了解我的人，它有時候很可惡，大部分時候很好笑，
我一直到大學到就業它都一直存在，我非常仰賴它的意見跟陪伴。

前幾年，我忽然意識到，我好像已經聽不見它的聲音了，
那一個晚上，我哭著跟它道歉也道別，更重要的是謝謝它陪我長大，
好像電影《腦筋急轉彎》裡面，binbong犧牲自己壯烈成為泡影那一段，
我也是哭得淚流滿面。

我從沒想過我的這些文字，好像就是把我過往跟小精靈每天聊天的內容，
出版成冊，甚至成為傳閱的刊物，似乎也是紀念這些「形成」我的歲月形態，
紀念小精靈也在我的成長過程，壯烈犧牲了。

這本書，寫的不是什麼大道理，不是什麼完全絕對的真理，
有些可能只是個故事，有些更是我自己主觀的感受，
但是每一字每一句，都是赤裸裸的誠實。
世界不需要更多美麗的謊言，卻需要更多色彩來繽紛，
如果我也能成為繽紛世界的一支畫筆，
我將完全傾倒自身色彩在世界留下屬於我的彩虹。

Q.

Contents

回憶的幸福的回憶

《路邊野餐》
為了尋找你，我搬進鳥的眼睛，經常盯著路過的風。
／
趁著午後無法出門的一陣雷雨，
我倒下，
緩慢的進入大腦的深處。
耳朵裡進入的是悠然的協奏曲，
跟著進入的是那年夏天獨自與鋼琴獨奏的我的雙手，
每一個音符好像悄然的拉著我的指頭，
彈、點、寫、跳躍。

我笑了，帶點淚。
我彷彿回到那架老鋼琴前，
一邊抱怨琴太老音色差，
一邊享受著它給我最大最純粹的，
安全感。

回憶的幸福跟幸福的回憶，
似乎是完全的兩回事。

回憶的幸福，跟你選擇回憶的方式有關；
幸福的回憶，就是那造成你現在正在回憶的 那個當下。

羅曼・羅蘭：「即使一動不動，時間也在替我們移動；
而日子的消逝，就是帶走我們希望保留的幻想。」

就算是把守著時間的鐘人，他也無法為自己把時間停下來，
始終是老老實實的，步履蹣跚的規律日出、日落，
在人類的生命，披上想念、回憶與即將的未來……

當我們抬頭仰望星星的時候，也許星星也在看著我們，
那個跨越時空的對話，在某種程度上，或許是可以聽見的，
因為我們把想念也一起掛在這片星空了。

放在未來的未來

曾經夢想長大了以後天空一定比現在美，
總是想著未來的日子肯定會比現在更好，
並且一定要跟好朋友好伙伴們並肩作戰。

世界，總是充滿綺麗的幻想。

直到親眼見識到那道強光背後極深的黑暗，
天空原來並不是時常的陽光普照，
想過好日子原來必須付上極大的代價與犧牲，
好朋友好伙伴原來只出現在漫畫裡。

世界，最後只剩下恐懼。

我的未來不是夢，但是我的未來怎麼了？

你並沒有失去夢想的權力，
更多了能實現夢想的能力，
讓我們一起帶著希望找出答案。

故事未完，不用待續。

那些和那些組成我的組合

「那些溫柔的緩慢的惆悵的時刻，那些熱烈的野性的奔放的時刻，那些黑暗的暴戾的抗爭的時刻。」
——《春宴》安妮寶貝

我記得剛認識他的時候，
對於他身上時常散發出的距離感以及不安全感我感到好奇。
在某一次一起吃飯的時候，我問了他關於小時候的記憶，
出乎我意料之外的他開始侃侃而談。
我定睛在他嘴裡說出的每一個字，沒有任何情緒的字眼，
好像這些故事只是電影情節而已。
當然，帶著一些悲劇色彩的情節，置身於其中倒不如退居於觀眾。

當晚，我帶走了他的秘密，同時交換了一些等值的秘密給他。

每個人都是帶著秘密行走的個體，
我可以假裝真實是虛構的，也可以證明虛構是真實的。

那麼，你的角色動機是什麼？

如果我不是在獨處
就是在準備獨處的時候

我喜歡騎腳踏車回家，如果不太遠，我也會盡量步行。
一個人。

這是一個跟自己獨處的珍貴時間，在這個步調太快並且資訊量爆炸的世
代，自己，是這個世代可貴的存在。

獨處的時候，我可以盡情的自問自答，可以專注思考一些該專注的人事
物，可以把今天重播一次，可以撰寫一部動人的劇本而不用考慮票房，
因為觀眾只有自己。

有時候，悲傷無預警來探訪，我也會帶著它去戶外用力的騎著腳踏車，
因為它不喜歡獨處，所以眼淚就是那個唯一陪著它來的伴侶。

我們在騎腳踏車的時候，深切的對話，
有時爭論的兇了，它讓眼淚狠狠踢我一腳，直到我聲嘶力竭它才罷休。

有時候我們共同哀悼某一個問題找不到它今生的伴侶，那個名叫「答案」
的，眼淚也一起安安靜靜的，我們彼此陪著彼此，在那個安靜的相知裡。

很奇怪，悲傷就是會挑在你獨處的時候來，
但是快樂，絕大多數會逃避你的獨處。

每一個第一次

永遠要像第一次一樣。
像剛學步一樣，
小心翼翼慢慢的走。
像第一次摸到大海一樣，
好冰好鹹好涼快。
像第一次見到面一樣，
有禮尊重笑容滿面。

「寂靜在喧囂裡低頭不語，
沉默在黑夜裡與目光結交，
於是，
我們錯看了世界，
卻說世界欺騙了我們。」
──泰戈爾

於是我多希望我是真的錯看了世界，
我才能勇敢用笑容面對。

我要一份巧克力火腿蛋

我是一位每天賴床的早餐狂熱份子。

長大之後，開始自己在外面租房子住的歲月，
每一次找房子，都有一個必然的要件，
那就是「住的附近一定要有早餐店。」

小時候自己去上學，我記得即使遲到了，
我也要去那家在學校側門的一個小攤子，
「我要一個培根蛋。」
「我要一個火腿蛋。」
「我要一個鮪魚蛋。」

幾乎每一次都會跟家裡附近的早餐店熟識，
多次之後，只需用眼神點餐即可。

我到底是喜歡吃早餐，
還是喜歡找到這家店最好吃的早餐組合，
然後開始熟稔的用眼神點餐，
的那個威風的安全感。

慢火煮青蛙

朋友傳了一張照片，照片上一名上空女子逛大街，
除了殺光旁邊人的眼光和手機記憶體之外，
也殺了旁邊烤香腸阿伯的理智，因為他的香腸烤焦了。

女子說，有什麼好看的，我只是在做我自己，
你們只看外表怎麼沒看到我內心的傷，
有空看我怎麼不去關注世界上其實更多需要關注的議題。

而朋友只是淡淡的說了一句「這年頭瘋子真多」。
暫且不討論，人類的受刺激度已接近疲倦，道德倫理好在尚未徹底淪喪，
而她說的「內心的傷」，我想大概就是驅使她上街赤裸的內在動機了吧。

非用不擇手段，否則要人關注是多麼困難的一件事。

每天滑臉書滑IG，給出去的愛心按出去的讚有哪一個是思考超過一分鐘
的，扼殺了對所有事物的敏感度，我們都是兇手。

寫到這裡我居然哭了。

對於常常出現的離經叛道，我們給出了多少次只是一個讚一句留言一個分
享，或甚至只是一個眼神一句沒有情緒回應的口白，
過了一週一個月一年，再被日積月累的其他離經叛道覆蓋，
它，只會是當時的一個話題而已。

抱歉，我真的抱歉。

記得某天我在錄音室坐在地上大哭，
希望自己未來不要成為消失在大眾文化裡的笨蛋，

那是年輕氣盛的自己，說的話都是誠實又銳利。

找回你的率真，雖然世界需要刺激，
但是愈真切的情感元素刺激出來的正面迴響，
才是活生生的真實吧。

寫作是奢侈的

新的世代來臨。

我們總是會害怕新的世代會帶來對前世代的威脅，
其實也沒什麼好害怕，不就是已經開始產生威脅了，
人們才會注意到時代意識流的轉向。

等咖啡的時候順手翻了雜誌，斗大的標題寫著「姿勢經濟」。
我們所熟知的，是你知道裝在腦袋裡的知識是看不見的資產，私人的經濟
產物，那叫作「知識經濟」的東西。

什麼時候，人們追求的不再是知識，而是如何擺出讓人按下追蹤鍵的姿勢。

新的世代帶來巨大的騷動，人們的感官階段性的疲乏，
需要更大更尖銳的刺激才能有反應。難道是神經系統暫時性的盲了。

有多久沒有拿起筆書寫文字了？
除了偶爾刷卡的簽名。

即使如何瞬息萬變，
文字還是傳輸訊息的主要構成物，文字還能觸動人類的情緒感官，
我，還是要繼續寫作。
／
希望在下筆的那一刻，
生命開始微笑。

夢的超能力

昨夜的夢裡出現了彩虹，在下過雨的天空。

夢是彩色的，我記得那個熟悉的潮濕氣味，
我記得聳立在天上的彩虹，而且它居然是直的，
從天上直挺挺的頂天立地，還有旁邊一個假的人工彩虹招牌。

我夢見我坐著計程車要去找你，但我居然在車上睡著了，
醒來的時候計程車後面綁了另一台車，是一台霧黑超低的跑車。
付了錢下車，我拚命打電話，依然找不到你。

我夢見我坐著雲霄飛車，但是身上沒有綁任何安全帶，
上去那一刻我看著自己沒有安全措施但我並不害怕。
最後安全落地，我以為我會失去生命，但生命沒有把我帶走。

每天醒來的第一件事，我總會盡力複習剛剛的夢。
然後在夢裡尋找一切可能留下訊息的蛛絲馬跡，
我總覺得這是一條時空交錯走廊，在訊息交換的過程，
我們與那些角色的意象也同時交錯。
他們屬於我，但是他們也不屬於我。
他們與我有關，但他們也不真的與我有關。

他們只存在在我的夢裡。
而我繼續在解讀著每一天被放在夢裡的訊息。

存在的房間

我在我的小房間裡，
製造出一固舒適的氛圍，
即使是想像出來的，
我告訴自己我是安全的。

幾個月前還在苦惱自己房間亂，
今早起床在迷你的小廚房喝水，
我看著這個相處了一年多的小空間，
發現在這裡有一個奇怪的井然有序，
有屬於自己熟悉的味道，
腦袋記得所有亂七八糟的秩序，
對於地板的顏色不夠喜歡但是它給我安全感，
門口堆了不雜亂但數量眾多的鞋了，
我記得每一個鞋盒裡的鞋子，也是一種安全感，
貓咪的貓砂盆飄出淡淡屎尿味，
每天這熟悉的臭臭提醒我的鏟屎官身分。

愛你所擁有，
為著這一切因你而現的來感謝，
滿足，是信手拈來的幸福，
當你真正滿足於這個環境，
擴張的境界才有意義，
多出來的得著，每一分都值得感謝。

命定

每一條生命線都在往前走，
我們被完美的訓練成地球人，被世界豢養，
被各樣看似自由的自由捆綁，被各樣普通與平淡感動著。

劇本裡卻有一項唯一不能被刻意撰寫的，不能被有計劃的放入劇情裡，
比個體還個體的獨立單一細胞，叫作「愛」。

愛，
絕對是最強大的武器，是最致命的病毒。

我們根本無法控制會被什麼所吸引，好像是早就注定好了的。
在愛的面前，我們都是透明的，我們會失去自我評斷能力，
會在不對的場合流淚，會瘋狂的傻笑，會歡呼會尖叫，
即使明知道不自由也不願意放開綁住的手。

「因為我們每個人是另一個人心門的鑰匙，少了鑰匙，我們將永遠受困。」
——《我會給你太陽》Jandy Nelson
／
在你出現的時候，
那天你問了我哪些問題我都還記得，你的五官好像在說「我不能錯過妳」，
我以為我們是被命定的遇見，我以為我們是被安排的幸運。

我不知道，
劇本還沒走完。

逆著冒險

當你順著繞地球行進的時候，
你會驚覺飛行速度之緩慢，雖然不太費力。

當你逆著繞地球行進，你會發現，
耗費的時間只需要順行的一半，
但是需要付上雙倍甚至超乎想像的力量。

也許安逸不是人生的最終目標，
那麼世界上就不會有那麼多人成天呻吟著活著痛苦，
也不會有一群致力於提倡人生需要冒險的冒險家。

逆向飛行不是絕對的目標，
但我們需要因為逆向飛行所以產生的那股力量。
我們的無畏態度，
就是我們的秘密武器。

Time Circle

被埋在深處的時候，你什麼都不能做，
只能等待下一個循環陽光的照耀。

就算努力做再多也不能改變，
因為真正的時間不掌握在你的手裡。

我感嘆自己的花期是否比別人久，
總是在看到那些花團錦簇的時候，不經意這樣自問。

我是不是一株不被陽光眷顧的花朵，
好像只能依附在旁邊開的盛美的花叢間，
汲取縫隙間一絲絲的陽光。

好在還是幸運的活了下來，
那就繼續充滿希望的等待下一次花期。

你比你想像中的巨大

有時候只是跨越一條界線而已，
但卻像爬過一道高聳的鐵欄杆一樣費力。

我站在鐵欄杆前，對著杆說：
「你最好是相當堅硬！」

它愈堅固，我往上踩的每一步就愈扎實。

所以，遇到費力解決的困難時，
你該開心的笑一笑，
然後告訴它：「你最好皮繃緊一點！」

開始爬囉！

只要目標還在路途怎樣都不算遙遠

做一個獨特並有影響力的人，是否比身在群體裡彼此相仿互相雷同，
來得有意義？

我倒不是說自己是個多麼獨特多麼有影響力的人，
只是身為人類，借喻馬斯洛人類需求五層次的理論，
最高層次的需求就是自我實現，在最高端的自我理想階層，
你認真問你自己，「想成為一個什麼樣的自己？」

我還記得在我18歲那年，跟最好的同學走在學校的林蔭大道，
用此生最美好的高度熱忱訴說未來各自要成為什麼樣的人。

現在的我們，
不算不偏不倚，但也沒有偏離核心。

離開學校後，前幾年我們都還會興奮快樂的說自己在現在的工作上遇到哪
些想遇到的問題，在迎刃而解之後那成就感讓自己在自己心中的英雄度倍
增，好像這麼做才叫作有用的人。

我們正在朝著「自我實現」的目標前進。

即使沒有成為當時心目中理想的大人，
剩下的生命藍圖，更要努力讓它色彩斑斕。

圖・Karren Kao

個體

我們無視自己被放置在高端進化的DNA
瞳孔進行著無焦距的公式
只是　直視

誰在餵養我們
其實飼料相當營養，只是不夠珍貴

毛細孔又張又縮
排出了什麼
吸收了什麼

「天啊」

又張　又縮
又收　又開

內臟的間距永遠就那樣
形體的間距卻愈行愈遠

愈來愈遠
愈來愈遠
愈來愈遠

社交障礙

我常常聽著別人說話，頭頭是道的口沫橫飛，
經過我的腦袋咀嚼消化後的反芻，
卻不是原本發話者的原意，
然後我的回應當然常常讓人感到摸不著頭緒，
交錯的思緒，擦肩而過的理解，
常常最後造成無效的溝通。

或許這就是我在社交上的障礙。

腦袋很忙，總有一堆思緒，
但卻沒有相對應的回應，
好像也習慣自己與自己這樣的不平衡，
在不平衡的行進間找到平衡的步調。

你也是這樣的人嗎？

一如往常

我總是細微的數算著那些旋轉而自成一團的，
節拍。

我總是必須親自觸摸，
讓感受清楚的擴散在末梢神經。

我總是拘泥於一些太過細膩的小事，
然後相信這些小事能建造大事。

我總是相信你說的每一句話，
投降在你溫柔的口氣裡。

我總是撿起那些零零碎碎的分裂，
小心翼翼的拼湊愛情原本該有的美麗。

我總是太過自以為是的掉入一廂情願的審判，
然後一次又一次的輸掉了官司，
我大概是打過最多敗仗的律師。

人際關係發展遲緩症

關係這種事，很多時候你就是不知道如何定義。

什麼叫作朋友，怎麼樣叫作好朋友？
那親密好友又是什麼？

有時候你就是會感覺得到，
你重視的這段關係，其實細薄得像隨時會斷的絲線。

很多時候，我就是不明白。
如果不了解，寧可不要碰。

好像是隨時會爆的炸彈，
不管你輕輕碰，或大力的奪取，
爆炸的那瞬間，還是會把你炸得粉身碎骨。

我就是害怕被遺忘。

「 我害怕被遺忘，就像瞎子害怕黑夜一樣。」
——《生命中的美好缺憾》John Green

圖・Karren Kao

沉默或許是智慧的

有時候，給你一個明確的機會說話時，
你不知道要說什麼。

有時候，你沒有權利說話的時候，
卻更想發表一些什麼。

有時候，你以為對熟知的事物瞭若指掌，
最後才發現其實你根本一無所知。

「認識自己的無知就是最大的智慧。」
──蘇格拉底

好好的說上一些話，能讓人身心靈得益處感到被造就，好難。

多希望我的舌頭也能承載每個文字的重量，
溫柔的說但是銳利又清楚。

時間，你到底是誰？

我曾經幻想過時間是一個巨大的巨人，
拖著沉重的步履闌珊，
每天盤算著分秒的分配，
我們以為時間只有我們所知的24小時，
其實在時間的手中，
有一些人的確擁有比較多的暫停，
在別人的暫停裡，他多努力了一點，
然後我們口中的天才，誕生了，
我相信，天才沒有天生，只有努力，
有人說過，專注在一項學問超過30萬小時，
就能成為那門學問的天才，
我們，努力吧。

時間，我也想問你，
你真的帶得走人的心痛嗎？
寫給失戀的人那些書上總說著，
時間會帶走你的眼淚，
時間會讓你不再想念那個讓你心痛的人，
時間會醫治你所受的傷，
就跟著時間的腳步，時間，會讓你遺忘。

時間，說真的，
把你累積多一點，日子飽滿了起來，
想到他的時候，我真的不心痛了，

但若是我又重播那個心痛的時刻，
那個激動，還是把眼淚逼出來了。
所以，
時間，你帶不走心痛，對吧，
只是在累積日子的過程裡，
我們一次次面對心痛，
一次次的被惹毛，然後又一次次原諒，
把回憶裡那尖銳的角給磨圓了，
心痛仍然有感，但不刺也不痛了。

比夢還夢

如何在一切的荒謬裡，
找到順流而上的真理。

我開始意識到，
似乎不全然是因為這個世界的人心愈來愈險惡又失控，
而是我的道德觀與價值觀隨年歲增加逐漸自成一個標準，
駭人聽聞的殺人事件或社會案件從來沒有少過，
嚴重一點的想，我們每天都在充滿殺機的世界裡，
樂觀一點的想，我們也何其幸運在這個自我發展極其自由的世代。

前幾天作了一個即使是夢也太過夢幻的夢，
在一艘大遊輪上，幾支隊伍進行互相廝殺，
最後勝利的人能得到大家最想要的獎勵。
奇妙的是，在這裡大家都在說著如何讓最後的結果，
以愛為連結的結束，並且真心的希望誰誰誰獲得最後獎賞，
在這裡沒有人覺得誰是不配得的，在這裡大家談論的事情都是愛，

在這裡沒有害人，只有愛人。

我笑著醒來，因為最後的勝者是一位生日的女孩，
並不是她真的競賽勝利，而是大家討論她今天適合勝利。
大家為她慶生，她也把禮物分送給她認為更需要的人，
沒有人應該自卑，沒有人不應該被愛。

誰的規則

人們常常會給這個世界很多的規則，
不要那樣最好不要這樣，
說那樣的話不對，做這些的事天打雷劈，
論道德論倫理論人情論禮貌論次序，

卻也常常看著他們打破自己口中的規則。

我相信打破自己口中說出來的原則的你，
一定很痛苦，
但在享受破壞帶來的快感與幸福的錯覺時，
你一定沒想到現在的痛苦。

人合作用

生活，
用各種奇異的軌道，自行光合作用，
不停旋轉在呼與吸之間。

說了，看了，吃了，癡了……

我說，好個驚世駭俗。
你說，這就是人類，
站在自我不斷製造出來的一個又一個的自己肩上，
然後愈疊愈高，變成一條搖晃的人柱，
來一記強而有力的攻擊，就會產生強大的骨牌效應。

我選擇他不想選擇的

在不想做選擇的選擇裡，做出一個好的選擇。

有時候對的選擇，不見得是好的選擇，
所以有些人為了做自己認為對的選擇，
在得到了天差地別的結局後，
悲觀的人一蹶不振，
樂觀的人一笑置之。

總而言之，
畢竟我們每天都被分配著要做各種選擇，
我們當然也希望被選擇的結果善待，
那就訓練自己練就一肩既滑嫩又載重的肩膀，
滑掉不需要的責任，扛得起該扛的重量，
說得簡單，練起來真需要點功夫。

我保護妳

心啊心，妳要堅強，妳要勇敢，沒有過不去的難關，我一直都在。
／
在我意識到自己有可能下一秒會崩潰的時候，
我會這麼對心說話，
確保她知道，當她不顧一切往下跳的時候，
我會接住她。

我們無法改變即將要發生的事，
只能先穿上雨衣，然後淋雨，至少有大部分的地方還是乾的。

人不能活在虛假中，
誠實面對自己的心，是我的責任。

無許在多美好的時刻裡，都不要失去最美好的自己。

成為你的光

當你面對光的時候，
你看不見你身後那道強烈的黑影。

我拒絕成為強光中的一道光，
我是黑暗中你極盡渴求的那束強烈的光源。

When you believe it , you'll see it.

盡力的勇敢

不喜歡自己說出那些軟弱的話，
不喜歡軟弱的自己，
但是正確的說出
並承認自己的軟弱卻是勇敢的表現。

那刻當下的軟弱，
是我盡力的勇敢。

堅強的人才會流眼淚

有人說「堅強的人也會流眼淚」，
我相信你一定在IG上看過這句無數次。

對我來說，
能流淚，會流淚，才是勇敢的人。

堅強，
不代表冷酷，不代表剛硬，
堅強，
是一種堅決的溫柔。

當我帶著真實的自己，
赤裸的面對心裡受的苦難，
痛得我流淚，痛得我哭天喊地，
痛得我眼歪嘴斜，以為自己下一秒就要崩塌。

卻在哭完之後，反覆深呼吸，
一呼一吸，吐納之間獲得新的力量，
好像可以對自己說，沒那麼害怕了，
放心有我在，放心我陪妳我支持妳，
明天太陽昇起時，新的一天，新的未知，
總會帶來新的希望，
每天許下一個願望，
養成期待的習慣吧。

失去擁有一瞬間

她說，
她多希望這是一場惡夢，
明天醒來，他還能抱著她說：
「沒事，寶貝，我在這呢。」

人生還會面臨幾次的失去，誰曉得，
好像失去已經是常態了。

我告訴她，我最近也失去了生命中好重要好重要的人，
而且是永遠的失去了，我連不小心，都不可能再看見他了。
他就是我好愛好愛的爸爸，我比任何人都希望，
下禮拜回家他也可以抱著我說「沒事沒事，爸爸在這裡」。

我說，失去以一種常態循環在這個世界，
失去只是一個換成另一種形式的存在而已，
就像是你買了一雙渴望已久的鞋子，
失去了幾張新台幣，但換來了在你眼中價值超越新台幣的鞋，
認真說起來，失去，是每天生活的必須上演戲碼。

也許現在，我們換來的是眼淚，
還有一些幾乎無法承受的心痛，
我們也換來不用每天看到彼此就難受心揪的日子，
我們換來一些原本拿來懷疑工於心計的大腦與心的容量，

我們換來自由與朋友出遊約會的權利，
我也換來了我的爸爸不用住院不用痛苦治療不用虐待身體，
我們換來了大量的自由，以及充滿不同型態的祝福。

失去與得到，一體兩面，
我們害怕失去，是因為世人把失去描述得太可怕，
怎麼就沒有人去把擁有描述得再幸福一點。

我們害怕的也許只是害怕本身，
那交換一下好了，
我們來為擁有的一切大聲歡呼吧！

相信論相信

那是一種毫無瑕疵的信任吧，
才能創造出如此強悍的默契。

我深信，
沒有選擇願意相信，
就不會有更深的信任。

相信與信任，對我來說好像是藍與深藍，
同一個屬性，但卻是兩個名字，有明顯的不一樣。

他說，
妳選擇相信人是因為妳渴望被相信，
但是所有的核心都要回到：相信自己。
當受到一點點不信任的傷害，
無論先前的信任有多信任，都會煙消雲散，
也許妳讓害怕與恐懼掌控了關係。

試著敞開自己的心，
要成為相信自己的第一道防線，
然後，用相信自己的真實，來相信其他。

聚焦

當你的心思意念聚焦在什麼事情，
你的所有感官與情緒就只會在那件事情上。

好浪費，
浪費感官其他美妙的功能。

它們不只能感受悲傷也能體會快樂，
它們不只能立體化孤單也能描繪出幸福。

它們帶給你假象的滿足，
也同樣可以給你豐盛的真實。

圖・JENNLEE

允許

要先有魄力，
才能允許破例。

在這裡不允許沒有企圖心的人。

我能不能只對你的愛有企圖心，
那你會為我而破例嗎？

「不幸的是，城市的形狀比人心的變化更快速啊。」
——波特萊爾

誠者，信也。

說一個故事，
需要多少謊言的配方，需要多少真實的調味。

誰都知道，
說了一個謊就會要再說上更多的謊來潤飾原本那個謊。

好像癌細胞，
謊言是主要養分，愈來愈多謊言於是開始擴散，
直到全身都是謊言，然後瀕臨死亡。

說些真實的好話吧，
說些帶有能量的言語吧，
有人說「言語傷害不了你」，
我想說「言語的傷害深及見骨遠及永生」。

你可能會忘記他上次用力推你一把是什麼時候，
但你不會忘記他上次狠狠的咒罵你是個無用之人是什麼時候。

「我寧願以誠摯獲得一百名敵人的攻擊，
也不願以偽善獲得十個朋友的讚揚。」
——Petőfi Sándor 裴多菲・山多爾

給予

什麼是你安全感的來源？

曾經我看過一雙極度渴望愛的眼睛，
在她的眉心中間永遠有一個怯弱，
像一隻怕生的流浪貓一樣，
每往前一步，怕的是你離開，同時也怕你太靠近。

每當看到那個眼神，
我就會想要給她全然的關愛，
給到我沒有為止。

可能我真的給到枯竭，
因為我忘了給自己添加。

給予是很美的，
也別忘了同時自己也需要被給予。
回到安全感的裡面，
無論是音樂，是家人是愛人是友人，是動物，都好，
讓安全感充斥，讓愛流竄。

沉默在張牙舞爪

無聲的情緒，是更為強大的渲染力。
／
分手也能以年為單位計算了。
整理文章的時候發現當時失戀的痛徹心扉的自己，
為了那個捨不得寫下字字句句的刻骨銘心。

再想起那個愛了四年的自己，眼淚以哀悼的致敬落下。
跟誰都沒有關係，是那個勇敢愛著的自己讓我心疼。

我記得那個晚上，我什麼也沒說，雖然眼淚一直掉，
即使吞下一整片海洋也無法嚥下卡在喉頭的沉默，
那時那刻，沉默就這樣把我埋在深處，
沉默送走了你，送走了我們的關係。

你有練習我嗎

很多事情，是需要練習的，
比如接受，比如忘記，比如開始，比如記住，比如假如。

人家說練習久了，這項才能就是你的。

我練習相信你說的全部，拒絕懷疑的任何立足之地，
我練習記住你喜歡的不喜歡的，練習著我也喜歡我也不喜歡，
我練習我以為這樣練習就能跟你多一點連結，
我練習著 你。

那，我呢？

在你腦裡上演的我們

我總是猜你在想什麼，
但是我沒有一次猜對。

我以為好好看著你，
用意念勾出你腦袋的蠢蠢欲動，
再喝下你喝過的那杯咖啡，
我多少能喝下一點你在我的身體裡。

但是。

弔詭的是，
你總是懂我，而我始終不懂你。

94iNi

如果你給不出不能愛你的理由，

我就要用愛你這個藉口繼續愛你。

遊游由

放放任的自由，本身嚮往自由嗎？

My First New York

忽然意識到去年的此時，我正好在紐約，那個極度陌生但是蘊含著極大自由的城市。

我記得那時候準備要去之前的心情有夠拉扯，覺得自己沒有預備好，也沒有想像中興奮，完全沒有過多包裝的激情與期待。

結束將近15小時的航程，踩上紐約的土地，坐上車前往我們住的地方，不是幾星級的飯店也不是旅館，而是Airbnb的民宿。

一路上我的眼睛與相機都停不下來，是真的，這個城市釋放著一股強大的存在感，連老舊的紅綠燈都是一個聳立的藝術品。

我甚至迷戀在我窗前有點生鏽的逃生梯，享受著這個城市不眠的聲響。我把自己溶化在這個城市，不惜揉掉原本握在手中畫筆畫出的自己，我要我與這個城市化學變化後的那個自己。

我感覺在這裡，自由的湧流裡，我更巨大。

我您的口味　總統狀元粥 70　泡

本店採
不加味

人要克服難，不要被難克服
We need to overcome difficulties, not be overcome by them.
—— 慈濟證嚴法師靜思語 Master Cheng Yen

泡
菜
鍋
燒
麵
70

烏
龍
麵
70

意
麵
70

誰敢娶妳

終於也是走到了一個看著聽著身邊朋友結婚會油然生起一股羨慕之意的年紀了，接著往心裡問，「未來真的會有一個人願意娶我這個麻煩精嗎？」

看著朋友一個個求婚，一次又一次的參加婚禮，抱了幾次新生嬰兒，身分從姐妹變成妯娌，我可以是乾媽，有時候是姑姑，最常是阿姨。

不確定我是不是能走入婚姻，不確定我能不能做好媽媽、老婆與媳婦，最能確定的是，我可以付出一輩子的愛。

也許婚姻不可怕，怕的是你的愛給不給得了一生。

蟑螂配拖鞋

他離不開她，但是他們並不相愛，
他愛她，她不愛他，但是她說她需要他，
也許真的很誠實，也許他們彼此很踏實。
他說就像蟑螂與拖鞋，
人們說的願打願挨，人們說的心甘情願。

愛情，
裝在裡面的喜怒哀樂，
就像蘇打水裡的汽泡一樣，
第一次打開蓋子那一刻，
爆衝的汽泡擋也擋不住，
放久了，也成了溫潤無味的水，
沒了刺痛喉頭的嗆與快感，
剩下的，是當你最口渴的時候，
最想喝也最需要的，
清透潤口的水。

靈魂的香氣

一個有愛的人，
在他的周圍都能感覺到愛。

愛，
不只是一個行為，
也不只是一個選擇，
它像是空氣中活氧的成分，
是靈魂發出的香氣。

曾經有人告訴我，這世界最終會被「愛」串聯起來，
也許你聽了覺得傻，我當時聽著也完全沒有被說服，
但如今，下意識在當時聽進去後好像就從來沒有忘記過，
儘管世風如何每況愈下，無論荒謬如何侵佔世道，
我對「愛」仍然抱持著極大的信心。

Love Will Win.

共勉之

常常在談話結束的收尾，
她會說一句「共勉之」。

一起擁有更好的信念吧，
共勉之。

一起為著今日思想的豁然開朗努力吧，
共勉之。

我們不要被情緒綁架了，
共勉之。

我們應該要天天為著自己擁有的感謝，
共勉之。

嗯，
共勉之。

圖・Karren Kao

你怪怪der

一個人到底能擁有幾樣異於常人的怪癖？
她永遠不穿一套或是同色系的內衣褲，
只要走到階梯她就一定要跟著數數字，
他吃任何東西都不能攪拌，
她從來不讓水潑到自己臉上包括洗臉，
他不吃任何跟海鮮有關的東西，
她從來不挖耳屎卻會去診所請醫生把耳屎吸出來，
他永遠不穿白色的襪子。
當我問你的時候你並回答不出來，
這才是真正的怪癖，
在別人眼裡不合常理，
在你的世界卻是常規。
接受自己的不一樣，
喜歡自己的不一樣。

血淋淋的友情

你身邊有沒有一個朋友，
不在乎你做了什麼丟人的事，
不在乎你腦子裡有什麼邪惡想法，
在你譴責自己是這世界最惡的惡人的時候，
他卻覺得你就是太善良了才會這樣，
他用你最合適的詞彙來讚美你，
他比你擔心自己的程度還要擔心你，
最重要的是，
你說話的時候他用一顆專注的眼神回報你，
然後，
他不是你的情人，只是一個愛你的好朋友。

我願意用我血淋淋的真心為這段友情付上代價，
如果你身邊也有一個這樣的朋友，
他絕對值得你用一切最好的來對待。

本本

以前很喜歡每年買一本Schedule Book，
格子很小，有各種顏色的極細原子筆寫的日記，
還有電影票，去哪裡玩的各種門票、車票，
大頭貼，拍立得，誰說了哪一句又美又有理的名言，
書上說的你說的他說的，
全都記錄在本子裡。
那天為了找一本沒看過的書，
打翻了這些青春筆記本，
看了整個下午，哭哭又笑笑，
因為高科技的進化，日記不寫在筆記本裡了，
在每一篇臉書的發文裡，
那也不叫日記，因為還得擔心誰看見誰沒看見，
我融化在自己的過往，像個入戲的演員，
徜徉在劇本裡。
謝謝我自己，
把日子過得那麼有趣，
有時候我們不知道由日子建造的皮膚裡，
微血管被注射的是什麼意義，
藥效發揮的時候卻是在已經遺忘的未來。
我還要更多的紀錄，
我是生命的創造者，更是一位紀實的導演，
時代可以不斷更新變化，
但是靈魂的進化，要始終的原創始終的純粹。

真心人

看到朋友PO了一篇文，說著自己受不了不忠心的朋友，
底下也可想而知是其他自詡忠心的朋友踴躍發言回應，
潛在欲望可能是順便想知道誰是當事人。

這句話卻讓我反覆思索了好久，
甚至是做任何事都在分著心想著這當中的不合理，
因為第一時刻我腦袋裡跳出來的第一句話是：
「忠心的朋友是狗，不是人」。

忠心，這詞彙應該只出現在上下關係或主僕關係裡，
無論是新朋友老朋友親密朋友普通朋友，
我都不認為這是個舒服的形容詞。
我希望我的朋友們以「真心」對待我以及我們的關係，
因為我相信真心能引導人們做好的事，
雖然有時候不見得是對的，但出於有愛的真心，
這關係的連結，有血有肉有DNA，
而此刻，忠不忠心也不需要多去計較了。

當然，言論自由的今日，
允許自己，也允許別人有好好說話的權利。

SPLIT

看了一部電影《分裂》（SPLIT），
劇中提到了多重性人格，
主角有超過二十個人格，
每天不停的變化，
他不見得能主導各種人格的出現或隱藏，
所以各種人格自由的進出他的意識空間。
邊看邊想，真實世界不也是這麼兩極嗎？
光明與黑暗，
善良與邪惡，
文明與野蠻，
我們不需要是多重人格的患者，
也能產生各種極端的思想與立場，
反觀這些我們看似有攻擊性的對象，
游走在人格的兩極，
他們的未知性，是否比我們簡單多了，
或許突出的，是他們在想像空間上的確立，
最大的責任，就是不要面對現實。

科技的強力佔有

我看著天上的雲，
白色襯著粉紅色，
背後是耀眼的藍色，
忍不住拿出手機拍下這一刻的賞心悅目，
透過手機的鏡頭，
這一切都變得平面而且無聊，
色彩沒有層次沒有溫度沒有呼吸了。

放下手機，我用眼睛盡情的享受這片共享的天空，
即使沒有拍下來PO上網，我依然是跟能看見這天空的人共享，
何必在乎這片天空有沒有掛在我的相簿裡。

我是

當我「是」的時候，
我並不需要特別花力氣去相信我是，
或是尋方找法的說服自己是，
因為我就是，
就像一杯水，
當你看到一杯清澈無色的水，
你不會指著它說是一杯醬油或一杯咖啡，
你會說，它就是一杯水。

我「是」快樂的，
我「是」被愛的，
我「是」值得的，
相信這些是「是」，卻好難好難，
因為改變是世界的常態，
所以我們留住不曾改變的東西，
叫作紀念。
這一秒，我真實的快樂，
下一秒，卻也能因為某些事感到絕望。

也許當我將這些「是」，從認知它是一種情緒型態，
轉而確知它是我身分的一個證明，
也就能證明這些「是」，是絕對的「是」了。

我覺得我剛剛解開一題證明題！
我的數學成績一向很差，
但在學到證明題那個學期，
是我人生中唯一與數學熱戀的日子。

自己是最難懂的生物

我跟他說，
我有時候都不太抓得住自己，而且愈長大愈抓不住。
我不知道自己是怎麼走到這個地步，
過去懂的事不多，經歷的也不多，感受卻很多，
而且純粹得多。

魯莽，
卻很勇敢。

人生的每一個時期，需要不同種類的勇敢，
面對不一樣的人也需要不一樣的勇敢，
有時候一個人做一些事都需要勇敢，
有時候自私的為自己多著想一點，都需要勇敢。

既然抓不住，那就也不浪費體力去抓了，
生命若是能被掌握，
那人生也沒什麼樂趣。

我可以不懂自己，但不能不愛自己。

因為音樂

一直覺得自己是個沒有福氣的人，
但很努力在過生活，
很努力在喜歡自己並且永遠相信明天會更好。
第一次在電視上唱出自己的歌，發出屬於自己的聲音，
第一次得到來自四面八方各個領域的肯定與稱讚，
第一次懷疑自己是否真的與眾不同閃閃發光，
第一次確定自己不想再躲在陰暗的角落，
第一次發現自己原來享受被光照耀著，
第一次覺得，做自己原來是一件被肯定的事，
原來我的自己，在這樣的空間裡覺得被釋放，
原來，我也是能讓好運氣停泊的港口。
我不知道我能不能做好自己期望的自己，
但我卻好像在努力做別人期望的我自己，
當時的我像一個剛學說話的嬰兒，
學著別人做什麼我就做什麼，說什麼就說什麼，
我忘了問我自己，妳想這麼做嗎妳想這麼說嗎，
日子一久，自己消磨了自己的存在，
我只記得我常常在問自己去了哪裡，
我知道她一直都在，但是她一直沉默。
有一天，我在錄音室的門口大哭，
忽然世界像一頭野獸籠罩住我，
我拿不出一個像樣的自己來對抗牠，
我手中的牌一個個無效，

好像它們是另一個遊戲的卡牌，
對於這頭野獸，我無計可施。
他說：
「回到音樂裡吧，音樂裡有最大的安全感。」

合一

我無法忘記那天YUKI給我的震撼，
聽著她唱歌，看著她的演出，
我全身雞皮疙瘩狂冒，眼淚一直要衝出來，
但卻不是因為被歌感動，
她的感染力，她的投射度，她的存在感，
我想起自己也是一個渴望舞台的人，
當我真的站在那個從沒去到過的大型舞台，
我能不能依然這樣享受在音樂裡，
我能不能帶領台下的觀眾一起去到我要去的地方，
心中的LED反覆播放著：

「我好想唱歌，我想站上舞台。」

這麼多年了，她的樣子她的聲音始終如一，
喜歡她的時候，我還是一個非常稚嫩的學生，
剛開始接觸音樂，跟其他人一樣玩樂團，
除了唱那些經典樂團的歌，身上的造型也要複製，
她就是我複製的模範，我喜歡她的一切，
而現在我站在台下看著真實的她，我們距離好近，
那些青春歲月開始播放，我外表看起來快樂又鎮定，
但我的心搖晃震動，眼淚一直威脅我它們要爆衝了。

我問我自己，妳是不是忘記自己真正喜歡什麼了，
在對世界妥協的時候提醒著自己不要忘了原本的妳，
沒想到妥協帶來的效應，就是對原本的自己失憶了，
當我決定體貼別人的喜歡，就對自己的喜歡宣告出局了，
我產生不了融合，上帝沒有給我內建這樣的功能，
我忘記喜歡自己的喜歡，我忘記喜歡自己原本的樣子，
我以為努力成為世界要的美好的樣子我就能成為美好的一分子，
但我同時也宣告自己的美好是錯誤的，我成了扼殺自己的兇手。

那天晚上，我告訴我找到的那個自己，
我要妳回來，讓我能幫助妳回到我們合一的美好，
也許跟別人的美好不一樣，但我喜歡我們這樣的不一樣，
我要重新愛上妳。

學習與自己合一。

不屬於的花季

看著旁邊大肆綻放的花朵，
看著自己偏小的花蕊，
懷疑自己是不是根本不是一朵花，
為什麼會被種在花叢中，
但是自己長得也不像草不像樹，
妳，到底是誰？
花季來臨，
她的花蕊依然靜悄悄沉甸甸，
怎麼可能不羨慕，怎麼可能不忌妒，
她埋在盛開的花朵間望著天空，
雨啊，你依舊在雨季帶給我們豐盛的雨水，
太陽啊，你很稱職的在釋放最大能量的照射，
氧氣啊，你是最不曾離開的養分了，
為什麼我就是開不了花。
風說，再等等，再等等，
大地說，再等等，再等等，
妳偏偏就是那朵花季最稀有的花種，
請相信我們，
當妳的花季到了，
妳的綻放一定是最迷人最持久的。
原來真正的養分，是期待和希望。

抱

作了一個夢，
在夢裡我要你抱我，
但你只是把手放在我的肩上，
我生氣的說，
像漫畫裡男女主角一樣環抱那種，
你照做了，
我卻感覺這個抱沒有一點愛。

帶著落寞起床，
都已經在夢裡了，
怎麼還不能擁有一個真實的擁抱。

怎麼會這麼喜歡擁抱，
怎麼會這麼想要擁抱。

什麼時候可以找到那個人，
當我們擁抱的時候，
世界沒有任何能將我們分開。

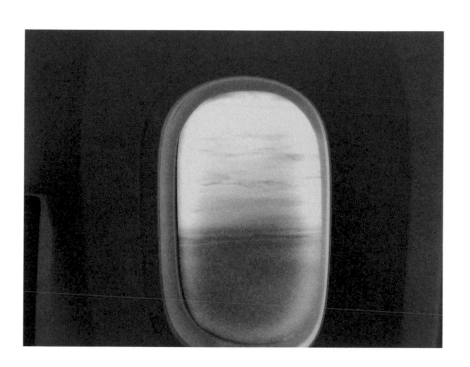

很好

有些事情，分開做比較好，
有些人，不急著熟識比較好，
有些關係，不要預設一切立場比較好，
至於你自己，體貼一點比較好。

世界無限，
世界上的人種也無極限，
無法一起相處，價值觀迥異，
那就不要一起生活，比較好。

把你的極限，
放得再自由一點比較好，
把你的舒適圈，
擴張得再寬廣一點比較好，
把你的負面，
停留的時間縮短一點比較好。

凡事看開一點，
很好。

習慣想念

幻肢症候群。

那天我在音樂祭的時候，
看到一個爸爸牽著女兒，
他們一起來參加音樂祭，
第一時刻，
我想轉頭跟朋友說：
「我等等要跟我爸說！」
接著一股落寞感攻頂。

還沒有習慣失去你，
還拿失去你的經歷來安慰失戀的朋友，
其實我根本還沒有告訴自己失去你的這個事實，
但我愈來愈習慣想念你了，
當我想念你的時候，
我可以在心裡直接告訴你。

不知道失去，要花多久習慣。

期盼的所有權

現實世界有時候很殘忍，
有時候卻又平凡的很有安全感。

或許是因為我們習慣與謊言為伍，
承擔不起小小世界被震盪的碎裂，
感受好多但是世界的教育使我們漠視感受，
不公不義不在乎仍然使我們感到難過透頂，
即使用盡全力想游到上游，
也有可能在半途被一個全力往下游衝的垃圾又帶回下游，
或者下游的更下游。

我們在期盼著什麼？

希望被火光照亮，
希望成為照亮別人的火光，
希望擁有堅不可摧的勇氣，
希望雙腳站立得穩，
希望雙翅振翅高飛，
希望被愛。

希望，
還能擁有希望，
就永遠不致絕望。

我不習慣

有太多的習慣，讓我有太多的不習慣。

為什麼不習慣說晚安，
為什麼不習慣接電話，
為什麼不習慣走很慢，
為什麼不習慣不聽音樂睡覺，
為什麼不習慣一個人去吃飯，
為什麼不習慣告訴我你也在想我。

我不習慣你的冷漠，
也不想習慣。

我的一角

風經過巷口，
遺留下她衣服的一角，
她沒說什麼，
甚至沒有發現。
他經過巷口，
撿起衣服的一角，
他沒說什麼，
甚至不打算找到這是誰的。
她總是和他擦肩而過，
看著這個人好像是全世界最沉默的人；
他總是不太注意身邊的環境，
他的耳機永遠讓他的耳朵是關閉的，
他與自己的心時常在對話。
已經讓他們相遇了，
卻不能讓他們交集。
我環繞四周，
有沒有可能我也錯過了什麼。

我不完美但我值得被愛

他說：

「擁抱妳的不完美，如此妳才能完美。」

我們常常看自己的不完美過於巨大，

而忽略自己還有一大部分的完美，

所以我們羨慕，所以我們崇拜，

即使擁有不完美，也是我的一部分，

完美需要擁抱與關注，不完美也需要，

喜歡自己的全部，跟愛自己一樣重要，

愛自己不等於喜歡自己，

愛是常態是習慣是不可或缺，

但是喜歡是一種活躍的熱情，

喜歡才能產生愛，

愛完全了所有不完美。

擁抱自己的全部，

即看重自己的存在，

我不是最特別的，但我一定是獨一無二的。

我在乎

他說他沒有那個意思，
她說他就是那個意思。
他們的溝通建立在一個並沒有相交的路徑上，
兩個人都沒有錯，
兩個人只是不一樣，
並且再也不會一樣。
相在的衝突，
打翻所有的甜蜜，
否定所有既存的信任，
倒是篩出了遺憾，還有不原諒。
他在演說，一場精采的演說，
他演著他的角色背景，他說著他的角色訴求，
他指縫間流瀉掉的是她的愛和尊重；

她在演繹，一場拍案叫絕的真事案件，
她這樣處理她的角色目標，她演出角色最真實的恐懼，
她的心破了一個洞，
裝不了他的愛，不斷流失的還有靈魂。
誰對，誰錯，
誰比較需要先被拯救，
誰該聽誰先說，
誰該先祭出道歉，
為什麼。
我丟不出一個結論，
我告訴她，他聽起來像一個受傷的小男孩，
坐在原地等待有人擁抱他告訴他不是他的錯；
她說，那我呢，
我也受傷了，誰在乎我的傷呢。
誰在乎都可以，
但是妳要的是他的在乎吧。

我們都自由

我擅自用他的形象捏造出一個怪物，
在我快樂的時候牠總是會出來給我一個巴掌，
說我笑起來不好看，不準笑；
在我悲傷的時候牠也會出現，
說我的眼淚都是假的，
演給誰看。
牠，其實就是我自己。
我問她，妳為什麼不接受我，
我看見小小的她用氣呼呼的淚眼瞪著我，
理直氣壯的說是大家不接受她不喜歡她不愛她，
我也哭了，我想說的是「可是我愛妳啊」，
說出口的同時無預警的眼淚噴發，
原來我才不愛我自己，

原來不是大家不愛我，
是我感受不到別人愛我。
怪物壓傷了所有感受神經，
牠是孤單，希望我只有牠，
牠是自私，希望我只聽牠。
我告訴牠，
我愛牠，也愛其他人，
我聽牠，也聽這世界，
牠擁有我，也擁有這世界，
擁有快樂，也擁有悲傷，
我們擁有最棒的東西，
就是自由。

成為

停電了才發現光是多重要。
沒有了，才發現擁有的那麼巨大。
成為一個隨時準備好的人，
成為一個口袋裡永遠拿得出東西的人，
我說的是成為，
不只是去這麼做。

負責任

一直在想，
長大這件事，
是對自己負責任，
還是向誰曾經說過的話負責任，
或是對哪一些承諾負責任。

早就超過了小時候覺得是個成熟的大人的年紀了，
還曾經天真卻很認真的承諾自己哪個年紀該結婚，
人算不如天算，計劃永遠敵不過變化，
關於那些未卜先知的事，簡而言之就是未知，
未知永遠走在已知前面，即使不小心踩到未知的腳跟，
已知就是過去進行式，而未知，它永遠就是未來式。

也算是對自己的命名負責任。

時率

我發現時間原來沒有速度。

當你很急的時候，你覺得時間走得好快，
什麼事都來不及，一天24小時好像24分鐘；
當你從容的時候，你覺得時間走得太慢，
能不能快一點到那個約定的時間，等不及了。

一切都是你以為而已，
時間，
他維持一樣的速率扎實的滾動著。

擁有

每一次小小的意外，
也都讓我意外的發現好多意外。

如果不是手機不見，
我不能發現自己有多久沒有聽這世界的聲音，
也不能發現原來身邊有那麼多人為我的緊張而緊張，
更不能發現以為自己什麼都沒有的時候其實還擁有勇氣，
而最大的勇氣就是在極度軟弱的時候生出的產物。

其實這些擁有，原來我從來沒有失去，
我失去的是看待它們的價值觀，
我失去的是感謝它們的存在，
我失去的是與它們的連結。

人就是這樣，
震撼過後，才能知道原先那樣叫作平靜。

讓我踩你的影子

聽說，
踩住一個人的影子，
那個人就不會走遠。

為了踩住你的影子，
我一直走在你的後面，
你愈走愈快，
我只能拚命追，
低頭看著影子，
再抬頭的時候，
我發現，
這不是你的影子。

原來太拚命做一件事，
有可能會失去那件事，
結果也忘了原本那一件事是什麼事，
不記得事情，
卻把自己下的命令記得又牢又緊。

堅不可摧

Don't send a rabbit to kill foxes.
別派一隻兔子去殺狐狸。
別把你的愛送給不愛你的人，
別把你的才華揮霍在暗不見光的平台，
別把你的心交給根本不打算接住的人。
也不是非得把世界想得這麼危險把人心處理得那麼險惡，
倒也是踩了幾次空滑了幾回滑鐵盧把羊好端端的送入了虎口，
才有了如此這般的意會。
結論就是，
把兔子訓練得堅不可摧並且難以攻陷吧。

想像

直到面對變化的那一刻，
我才知道，
改變原來是這麼一回事。
事情還沒有改變之前，
所有的心理準備都只是劇本而已，
以對策供應所有想像得到的可能。
我想像不到改變的現實樣貌。
有人說，
想像遠比現實來得嚴重，
可是我說，
現實有時候超乎想像的嚴重。
當外在想像的冰層溶化以後，
裡面被包裹的現實，那粗糙的真實，
所有喜怒哀樂都是銳利的。
真要說來，
我倒也滿喜歡那現實的銳利，
真實的給出任何情緒一個限度，
然後讓我們自己決定，
要在想像裡享受無上限的天馬行空到什麼程度。
當你面對現實的時候，
想像可以是保護你的盾牌，
當現實變成你不可知的樣貌，
別忘了拿出想像當作緩衝承接的那雙手。

透明人間

只要講到關於他的事，
她就會暴走暴怒不可理喻的憤怒，
可以想像她在這段關係裡多麼的受傷，
或是，他們到底發生了什麼事，
她的生氣可以代表她在乎嗎？
還是她在保護那個受傷的自己，
她無法原諒的是她讓自己處於這份危險。
她說到她的離開，
依舊淚流滿面像個被重重責罵的五歲孩子，
她說如果當初她不要這麼做就好了，
她的離開是因為她做了那些這些，
她把這份罪疚當成一面盾牌，
好像在這面盾牌之下她可以完全的隱藏，
「我已經很努力在怪罪我自己了」，
我讀到這句從她的心裡說出來的輕語，
她無法原諒的是，
她讓她連一句道歉都來不及，
無論是她對她，還是她對他們，
於是她只好重重的處罰自己，
帶著不原諒，永遠不允許自己放下。
我們帶著各樣的創傷遊走在人際關係裡，
創傷造成我們環繞來自各種角度的成見，
話語不見得能造成傷害，

但加諸的情緒語氣眼神動作等，
像各種不同功能的武器，
造成不同部分不同深淺的傷口。
這樣不公平，
如果我透明了我自己來面對你，
而你帶著混濁的內在來迎接我，
我擁抱的是你，還是那些你過去的擁抱，
與我對話的是你，還是那些留在你裡面的鬼魂，
你的過去營造出來詭異與恐懼，
準備滲透我的透明，
這樣不公平。
也許我們也都是混濁的，
都在尋找另一個混濁的靈魂，
而當我們合一時，
我們的合一卻是透明的。

平衡

真的可以說什麼的時候，
什麼都說不出來，
不允許說什麼的時候，
什麼都說得出來。
我們的大腦喜歡顛三倒四的下指令，
還是潛意識與意識喜歡對立？
他們總是在對立，
就像天使與魔鬼，
好像彼此間必須持相反立場，
才能保持平衡。
意識是叛逆的，
掌管一切深入淺出的意識，
不順流而下，總逆流而上；
潛意識基本上誠實，
那些說不出口的，那些詞不達意的，
都是它擅長的技巧，
因為必須與意識稍做相反，
才能達到平衡。

原色

有時候，
無論事情是好或壞，
我都希望自己若是維持無知有多好。

就是一層空白畫布，
當你畫上第一層顏色，
第一道美麗多麼動人，
再畫上第二層顏色，
相溶的色彩令人驚豔，
第三層第四層顏色，
穿透的渲染，
簡直令人嘆為觀止，
一層一層不斷的加上去，
最後只剩一個顏色，
黑色。

當你什麼都沒有的時候，
有了什麼都令你欣喜歡若愛不釋手，
當你有了太多，
許多的擁有在你眼前都成為你的漠視。

我必須學會如何定期的清潔自己的心，
讓每一道顏色都能自由的展現自己的顏色，
讓初衷成為掛在心牆上最美的那幅畫。

光

我感謝所有在我哭泣時遞出雙肩讓我依靠，
伸出雙手給我擁抱，借我耳朵聽我說話，分我專注的時間，
陪我經歷我的第五空間，的人。

我以為要努力靠自己去成為一道光，
照亮身邊的人，照亮周圍的環境，後來我知道，
原來身邊的你們，就是一盞一盞的微光，
即使無法照亮我的世界，卻能讓我的世界不全然黑暗。
我知道，往前走的力量還是要自己動起來，
請適時的叫我的名字，讓我知道即使抓不到任何一雙手的時候，
我也絕不會是一個人。

我們都是光，一道不穩定的光源，
有時候大風大雨，光束忽大忽小，
有時候為了閃躲飛行的遮蔽物，光束忽遠忽近。
有時候穿越光譜，在光裡卻看不見自己的光了。
但是，
環境無法改變你是一道光的事實，
只能扭曲你偶爾的型態。

你是穿透的光，
再細微的縫隙你都能滲透。
你是刺眼的光，
太靠近瞳孔讓人什麼都看不見。
你是溫柔的光，
在遠處靜靜發光，柔軟了影子的影子。
你是閃爍的光，
在得見與不得見之間靈巧的前進。
你是光，
吸引尋找方向的人向你挨近，
也同時吸引黑暗試圖同化你。

雖然我們誰都無法絕對的不害怕，
在充滿希望的面前，我們總會覺得自己不夠不配得，甚至不敢，
在DNA裡，膽小好像是一個命定的細胞體，
我也無從教你怎麼不要害怕，但我能告訴你，
當你的害怕愈大的時候，你的勇敢也等比例的壯大，
「害怕」，並不是來拆毀你的力量，而是滋養你的勇敢。

記住，
你是光，
你是任何型態的光。

我是光，
我是任何型態的光。

又美又好

美好，
常常設下陷阱，
那樣的美，那樣的好，
每個人都追求又美又好。

世界的美好，
好像侷限在一個框架，
人們順著美好所留下的路徑，
一路撿拾著線索，
支撐著自己的就是對未來美好的幻想，
我忘了問自己，
在這份美好裡的格格不入你收好了嗎？
如果被別人發現，
你有勇氣承擔，
世界認為你不屬於美好區塊的居民嗎？

也許我該享受自己的格格不入，
為自己開墾新的道路與新的國度，
因為我相信，
這個新的國度絕對不止我一個人，
美好，應該活在我的自由裡。

像泡泡一樣

腦袋裡有好多好多想法，
像舞台旁的泡泡機一分鐘幾百顆泡泡上下，
剛出爐的時候身上帶著彩虹，
折射的光打在身上，
就像它自己發出的光，
愈發往上，愈發光滑，
然後，在適度的緯度，
破掉。

重量

Stars are shining in you,
in me.
I belong to you,
and you belong to me.
The melody inside you,
I'm gonna write it down.

在你定意要走的那條路上，
從來就不是輕鬆的，
也不該是輕鬆的。

故事，
是有重量的，
音符，
是有重量的，
像利刃，像閃電，
會擊中你，會穿透你，
甚至在心上留下一道疤，
好在你下次看它的時候，
靈魂也跟著震動。

如果

若希望如果實現，那就真正的去落實它。

一直放在希望清單裡的事項，
寫完之後，其實在腦袋裡好像有一個隱形的打勾，
尚未實現，可是怎麼覺得寫下來就好像完成一半了。

撰寫這篇文章的我，
現在人就在日本 FujiRock Festival 音樂祭，
不是住在飯店不是住在民宿，
而是住在七早八早大包小包扛著裝備上山，
全力靠人工搭成的帳篷。

全是因為兩三個月前，衝動的訂下去程的機票。

衝動，
在青春期裡被歌頌成一項可歌可泣的行為，
因為青春的自己並不能真的對自己的行為負上所有責任，
但那一股不考慮現實條件而霸氣直擊冒險的魄力，
可是讓很多肩上扛著各種現實壓力的成熟大人嚮往。

但是，
有時候生命裡的衝動，可以像是急救時的電擊力，
給鬆軟無力的你，一記暴走的刺激，
給鬆軟無力的生活，一台揮舞的戲劇。

如果，如果只是如果，那麼它就永遠只是如果了。

沒有為什麼

她說著她們的故事，
她問我好多我回答不出來的為什麼，
因為曾經這些為什麼，
也是我的為什麼，
後來，
我拒絕這些為什麼繼續成為我的為什麼，
因為沒有答案，問題就不成問題，
沒有因為，為什麼就不再是為什麼。

愛情的構成，其實並沒有任何原因，
這應該是世界創造以來，唯一沒有理由的事，
當有理由發生的時候，通常也是結束的時候。

我盯著她的眼淚，
好像自己也在複習那些心碎，
唯一不同的是，
他的浪漫，
現在對我而言不過是書上的一頁，
若它是一張照片，
也已不構成讓我貼在牆上的資格。

我對她說了好狠心的話：
「失戀不會只有這一次，
而且每一次的銘心刻骨與椎心刺痛，
都是重新來過，永遠不會一樣。」

我不是愛情專家，也不是失戀常勝軍，
我只是一個渴望愛的女子，
在追求愛的歷程中難免受傷，
身上帶著許多愛情戰場上的疤，
而如今，
我還在尋找那個能被我征服的國度，
讓我的愛能安心孕育的土地。

我仍然期待。

無助

不該留的，不該存在，
不該有的，怎麼讓它消失。

我得承認此刻的我好無助，
忽然間我感覺到一切都不屬於我，
或者是我從來都不真正擁有過，
那些不該是我的，
那，有哪些是屬於我的呢？

我該怎麼讓自己回到光的前面，
該堅持什麼樣的目標，
該為自己施打什麼名稱的強心針，
或是，
我可以先坐下來好好的哭一會。

當我笑著對她說，
或許我知道我就像個工人一樣，
靠著頭頂微弱的頭燈照亮不足以看清楚的前方，
我只知道我得不斷的挖掘，

會用盡力氣，會汗流浹背，會全身髒又臭，
但好像前方有一條新的路，
我得開通這條隧道才能出得去。
她也笑著說，那就快了啊！妳知道有出口。

我知道。

胸口好緊，
我必須知道這條路是能出去的，
手上這張地圖是這樣寫的，
我必須全然的相信，
如果我開通了這條路，
就可以讓其他困住的人們從這裡逃脫。

暗無日光的隧道裡，
挖到懷疑這牆是不是在我睡著的時候又補上，
失望感怎麼能夠這麼重。

帶領我，請你帶領我，
請帶領我的信心，
教前方的道路引領我，只管往前。

你不在

在透明的面前，
誰不是混濁的。
在白色的面前，
誰都是彩色的。
在受害者的心裡，
誰都是加害者。
在悲傷的時候，
誰都是造成悲傷的原因。

我的快樂如履薄冰，
當你不再為我的快樂而快樂的時候，
當我們不能再一起為同一件事而快樂的時候，
當我再也看不見你快樂的表情的時候，
還有更多更多的時候，
都是因為你不在了。

天生的自由感追求

有時候就是好希望自己現在正站在一座山，
快到頂端的某個轉彎處，
很喘，
但是面對眼前的自由壯闊，
大口的深呼吸，
吸進的不只是純淨的氧氣，
還有赤裸裸的自由。

日子一過久，
好多的感受是真的會隨著時間，
而慢慢消退，
好像一顆飽滿的氣球，
過了　週半月的，
只剩下一枚綁著線的塑膠皮。

因為我們不再練習那些感覺，
不再練習去用力想念某個人，
不再練習回到失去以前怎麼避免失去，
不再練習被擁抱的當下怎麼笑會更美。
每天會有新的浪潮，
而我們要學的，
或許就是是在日子的浪潮裡，
練習自由的快樂。

夠愛

那天晚上，一如往常的在寫歌，
思考著這一首歌我希望能寫出愛寫出盼望寫出相信，
開始著手思想愛，試著以簡單而充滿力量的觀點寫出動人的愛，
寫到一半，主歌還沒完成，
我卻開始哭泣。

心裡浮現一句話：「我不懂愛，怎麼寫愛？」
我安靜的問自己，親愛的悲傷，妳在哪裡？
我感覺到妳了，我們一起來討論妳為什麼讓我哭泣。

我想起小時候的哭泣，
常常是起床找不到睡在身邊的爺爺，找不到奶奶，找不到爸爸；
想起剛開始戀愛的時候，
眼淚圍繞在背叛與謊言，有時候是一些驚喜的喜悅的眼淚；
想起進入社會工作獨立生活後的哭泣，
眼淚是壓力，眼淚是有志難伸，眼淚是害怕是恐懼，眼淚是感謝，
眼淚是更了解自己的頓悟。

沒想到，愈來愈成長之後，卻變得更愛哭了，
但每一次的眼淚，是否都讓我更相信愛，
軟弱過後隨之而來的就是勇氣，
勇氣將那個坐在地上哭泣的我扶起來，
手牽著手，又繼續前行。

我愛我自己嗎？是的，我愛我自己，
我同時也在乎我自己，我喜歡自己所喜歡的，我喜歡我自己。

上個月，我跟朋友聊到我去了FUJIROCK音樂節，
看到剛開始聽音樂玩樂團的時候，好喜歡好喜歡的女歌手，
整場演出一個小時我幾乎是以沒有闔眼睛的狀態記錄一切，
眼淚不停打轉，一部分是感動的眼淚，
大部分的原因是，在這一小時的搖滾音樂裡，
我好像回到那個青澀的自己，單純的好喜歡這樣的音樂，
耿直的相信自己未來不管去到哪裡，都不離開音樂，
我愛音樂，也愛這個愛音樂的自己。
而回到站在這裡的我，我有多久沒有問候自己的喜歡，
太多的時候，因為遷就他人妥協流行，不管是什麼理由，
忘記這單純的喜歡，原來這麼簡單這麼快樂，
也許我的自己有好多層，每一層都為己之所愛而效力，
當有一層不再亮燈，整棟建築物看起來就像多了一個小小的斷層。

然後我告訴站在這裡享受著震撼的自己，
我喜歡妳所喜歡的，我會堅持著喜歡下去，就像妳從沒離開過一樣，
原來是我掩面不看妳，而不是妳消失了，

請回過頭來，我要大大的擁抱妳，
謝謝妳一直都在，請原諒我在背對妳這段時間的忽略，
我愛妳。

而我終於意識到，
當你夠愛自己，夠在乎自己，
其實你知道怎麼去愛，
當然，愛，也是一種選擇。

愛也像一顆種子，種在好土裡與種在乾旱地是不一樣的，
開不開得了花，結不結得了果，
我們做不了決定，有各樣的地就有各樣合適的種子，
撒種，也不是做個三心二意的情聖，
而是，我願意打開心胸，我願意去愛，我願意相信愛，
相信，而有盼望，所以能愛。

國家圖書館出版品預行編目資料

小事 × 小示／魏如昀著
-- 初版 .-- 臺北市：平裝本，2018.4
面；公分 . -- （平裝本叢書；第 464 種）
（迷 FAN147）
ISBN 978-986-95699-7-2（平裝）

855　　　　　　　　　　　　　107002267

平裝本叢書第 0464 種

迷 FAN147

小事×小示

作　　者—魏如昀
發 行 人—平雲
出版發行—平裝本出版有限公司
　　　　　台北市敦化北路 120 巷 50 號
　　　　　電話◎ 02-2716-8888
　　　　　郵撥帳號◎ 18999606 號
　　　　　皇冠出版社 (香港) 有限公司
　　　　　香港上環文咸東街 50 號寶恒商業中心
　　　　　 23 樓 2301-3 室
　　　　　電話◎ 2529-1778　傳真◎ 2527-0904
總 編 輯—龔橞甄
責任編輯—平　靜
美術設計—嚴昱琳
著作完成日期— 2017 年
初版一刷日期— 2018 年 4 月

● 皇冠讀樂網：www.crown.com.tw
● 皇冠Facebook：www.facebook.com/crownbook
● 皇冠Instagram：www.instagram.com/crownbook1954
● 小王子的編輯夢：crownbook.pixnet.net/blog